© Éditions du Seuil, 2001
Dépôt légal : octobre 2001
ISBN : 2-02-047983-4
N° 47983-1
Loi 49-956 du 16 juillet 1949
sur les publications destinées à la jeunesse
Imprimé en Belgique
www.seuil.com

Les souvenirs d'Elmir Grömek et de son chien Pikü

ROGATON MAN

Raconté par Frau Mental & mis en images par Blexbolex

Seuil jeunesse

ÜRULFLÜGETZRUBITZFLÜPLUGETZ

Quand j'étais petit je n'étais pas grand, mais je n'aimais pas qu'on me prenne pour un gland. J'habitais un village au nom dur à dire, par-delà l'océan, les plaines et les rivières, derrière les monts Dentaires de sinistre réputation.

Il vous parle de ça, j'étais pas né.

Dans ce village où je vivais – un endroit déjà pas follement riant –, il y avait un homme qui terrifiait tous les enfants.

Cet homme abominable passait chaque semaine de maison en maison, jamais le mardi et toujours sans prévenir. Son cri l'annonçait au dernier moment – trop tard pour se cacher au grenier ou sous les jupes de Maman !

En fait, ce cri était une chanson, grinçante ritournelle qu'il aimait massacrer de sa voix de crécelle.

Rogatons !
Rogatons !
J'achète les rogatons !
Rogatons ! Rogatons !
Vous en avez
plein la maison !

Il achetait tout pour une bouchée de pain, boîtes de sardines, boutons, bouchons, quignons, bobines... un tas de saletés sans nom dont nul n'imaginait ce qu'il pouvait faire. Nos mères avaient beau marchander ses tarifs dérisoires, c'était toujours trois kopecks avec ce vieil avare.

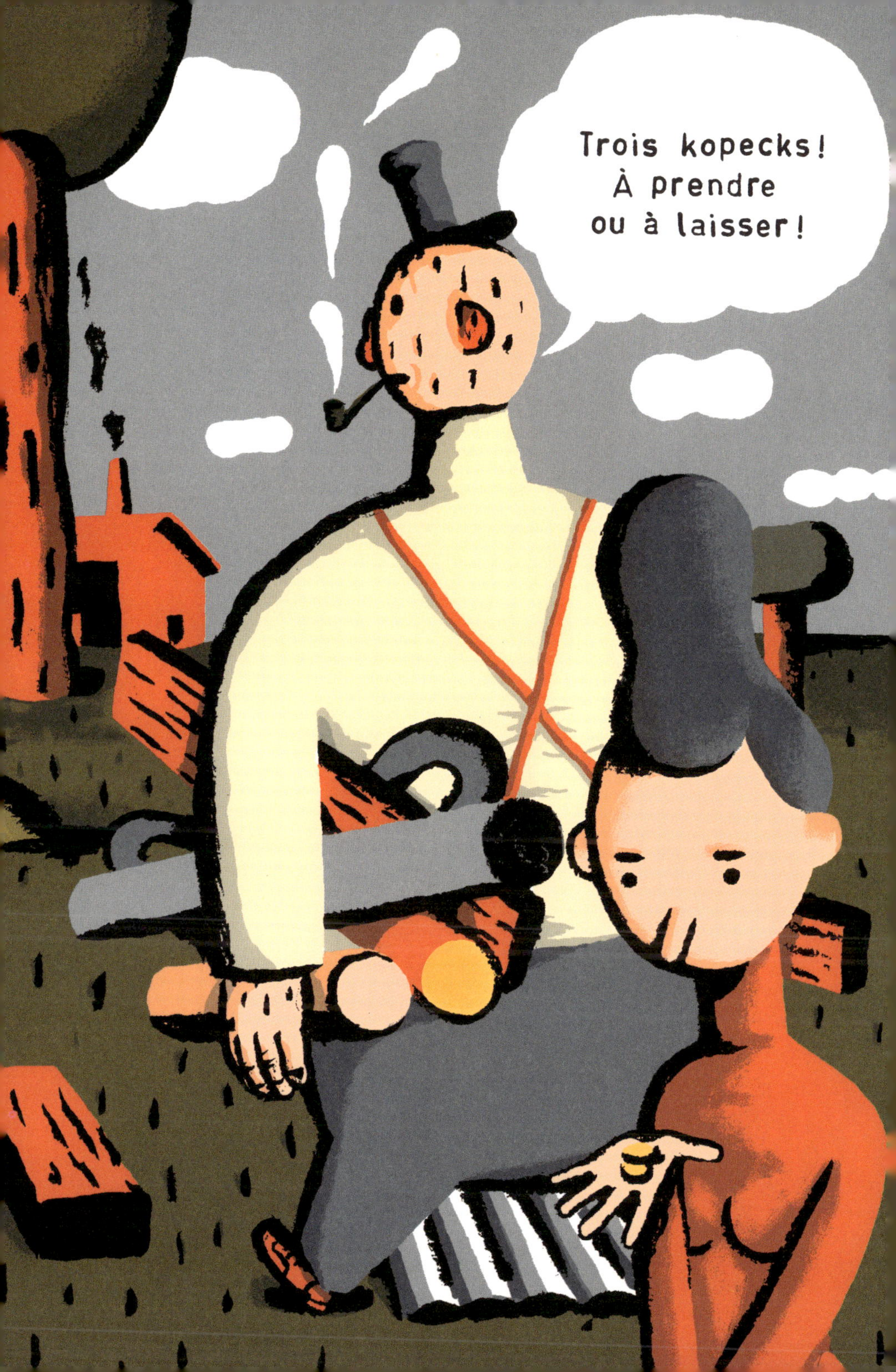
Trois kopecks! À prendre ou à laisser!

Il n'achetait que des rogatons et c'est pour ça qu'au village tout le monde l'appelait Rogaton-Man. Personne, même les vieux sans dents, ne lui connaissait d'autre nom.

On l'a touvours appelé comme fa !

Pourquoi nous faisait-il peur ?

D'abord parce qu'il était plus sale qu'un peigne

dans la bauge aux cochons. Il sentait le hareng,

les pieds moisis et le fromage rance.

Ensuite parce qu'il était méchant. Il proférait d'atroces jurons et, dès qu'il pensait qu'on ne le regardait pas, shootait sans retenue dans les chiens et les nourrissons.

J'y aurais mordu les fesses, moi, à ce vieux ...

Nos mères savaient bien la terreur qu'il inspirait à leurs enfants. Elles ne se privaient pas
d'en abuser pour les faire tenir tranquilles.

Mange ton bortsch ou Rogaton-Man viendra te prendre !
Oh, non ! Dis pas ça !

Moi, Elmir Grömek, j'avais beau être petit – et pas grand pour mon âge –, tout ça ne m'impressionnait pas. Je haïssais les manières de Rogaton-Man et plus encore l'odieux chantage qu'il inspirait à nos mamans.

VIENS MANGER OU J'APPELLE ROGATON-MAN !

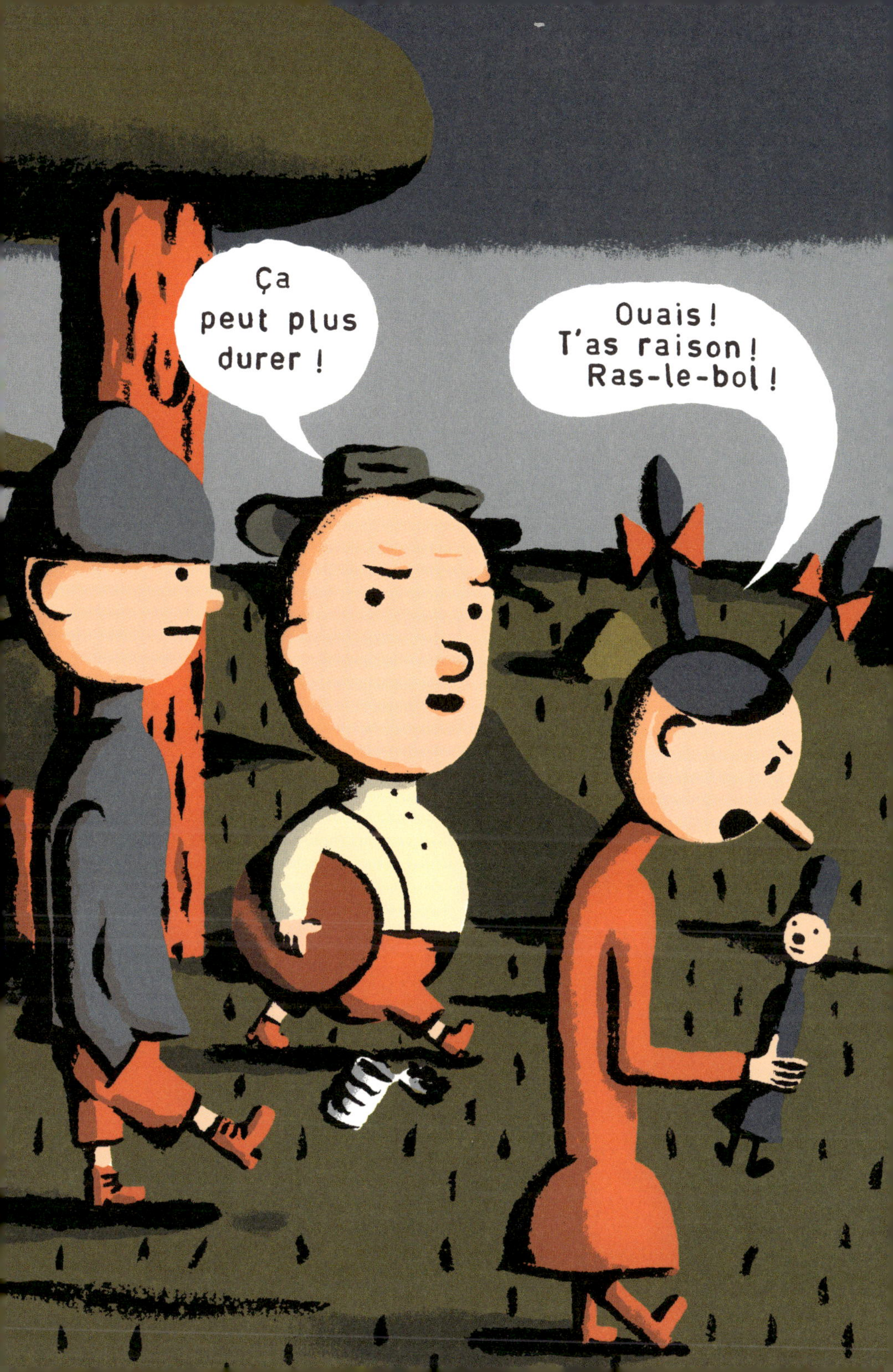
Ça peut plus durer !
Ouais ! T'as raison ! Ras-le-bol !

Personne ne savait où habitait Rogaton-
Man... parce que personne n'avait
jamais cherché à le savoir. C'était
facile. Il suffisait de s'aventurer dans
la montagne et de le suivre
sans se faire voir. À l'odeur.

Si ma mémoire est bonne, nous étions six, ma bande et moi. Six mioches pas rassurés, d'accord, mais équipés de solides gourdins de plomb.

Affronter
Rogaton-Man
dans son antre
réclame quand même
un certain cran!

Oui mais finalement, il n'y a pas eu d'affrontement...

Eh non ! Car ce qu'il cachait au fond de sa grotte incitait plutôt au respect et à l'admiration. C'était une véritable œuvre d'art qu'avait réalisée Rogaton-Man en assemblant ses millions de rogatons. Devant nos regards émerveillés, il est passé aux aveux sans se faire prier.

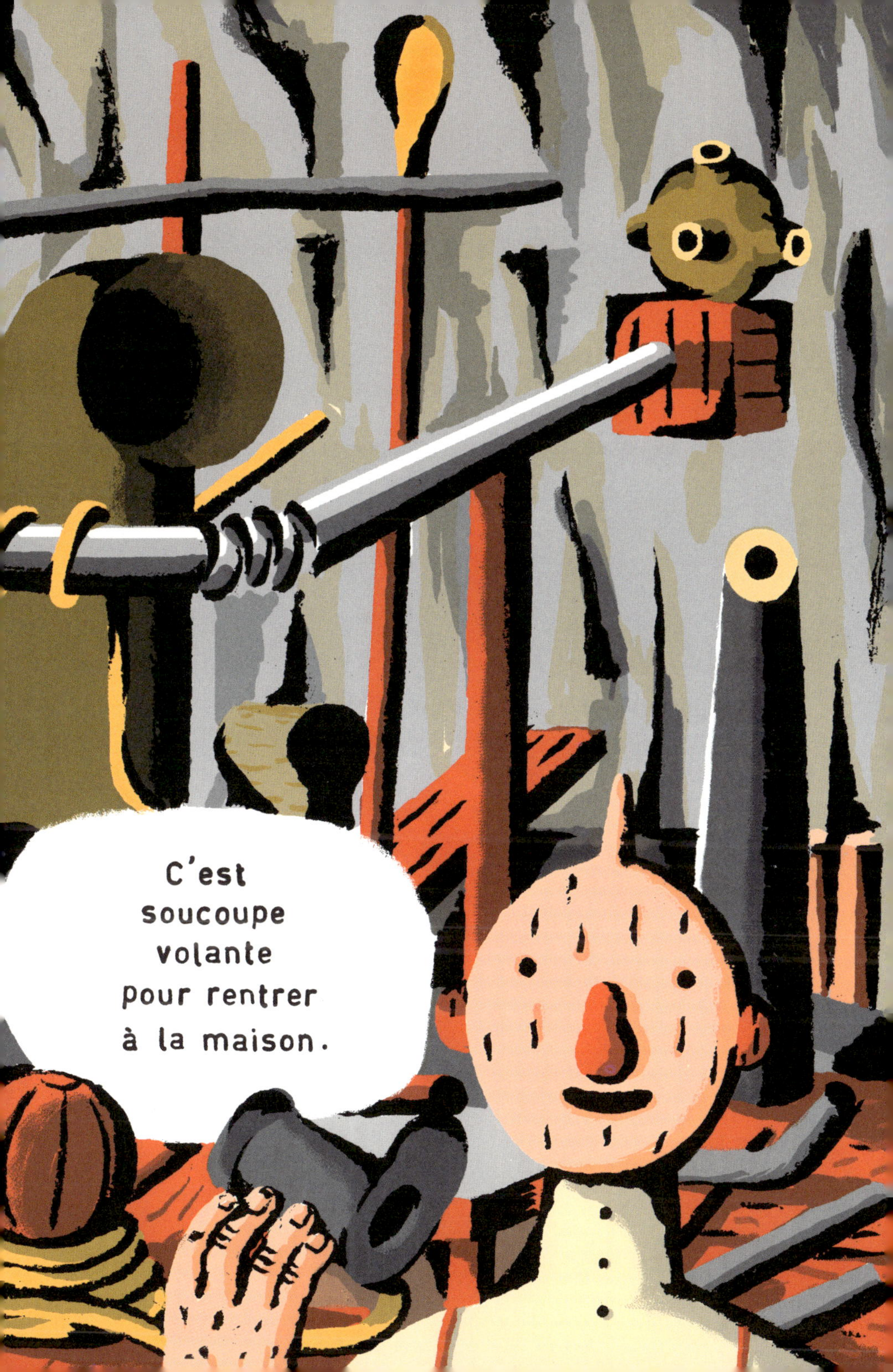
C'est soucoupe volante pour rentrer à la maison.

Nous adorons
jurons atroces
aussi.

Il venait de Chiftir du Centaure, une planète à je ne sais combien d'années-lumière de la nôtre. Une planète sur laquelle le jour chômé tombe le mardi, où les chiens et les nourrissons sont de dangereux prédateurs, où l'hygiène est proscrite par la religion. Tout s'éclairait.

Sa soucoupe s'était écrasée un siècle plus tôt sur la Terre. Il lui avait fallu tout ce temps pour en fabriquer une autre à l'aide des rogatons, seuls matériaux qu'il pouvait s'offrir avec le sac de kopecks qu'il avait apporté de sa planète. À une pièce près, l'engin était fini. À ce point précis de son récit, Rogaton-Man a éclaté en sanglots...

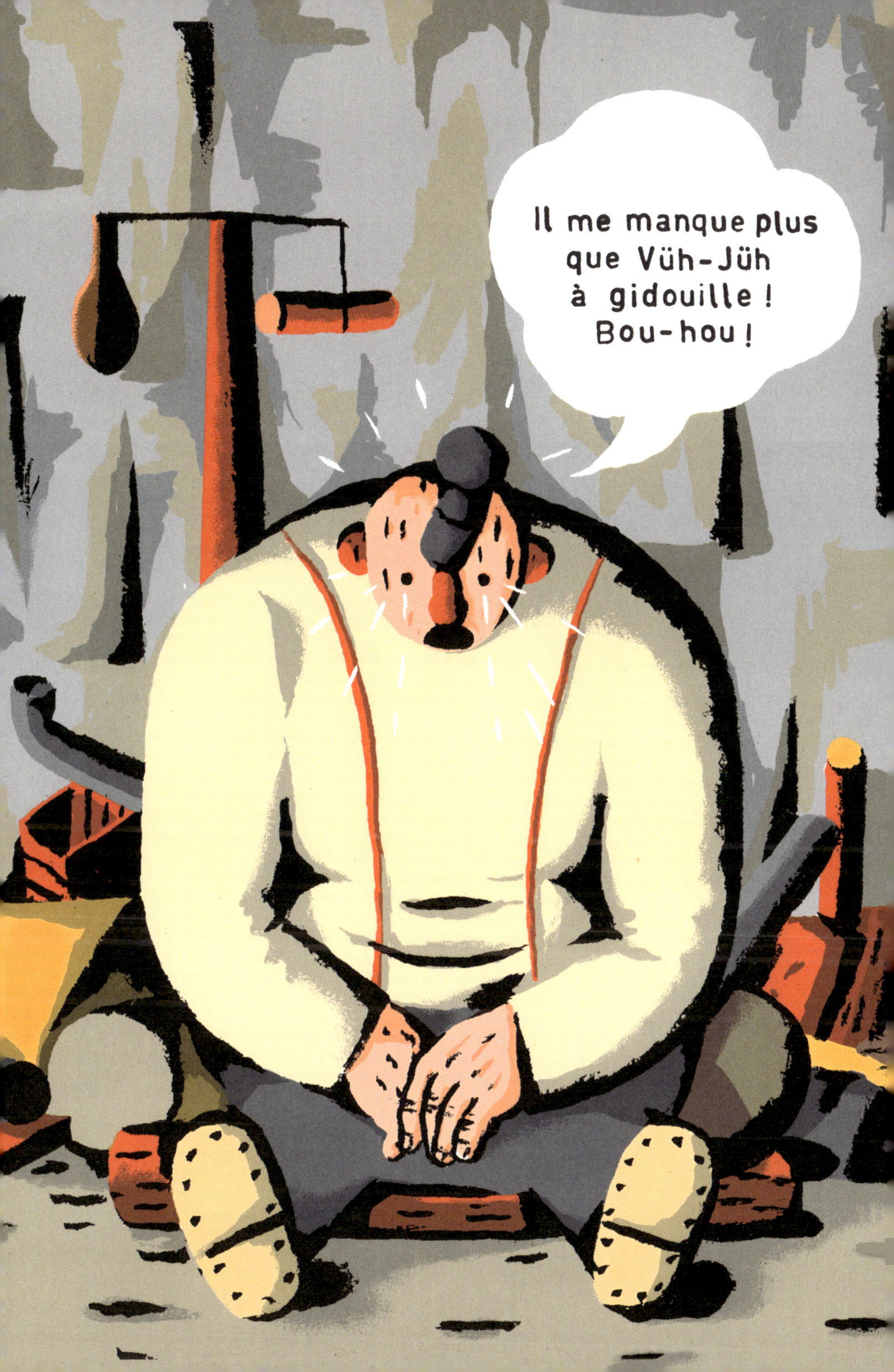
Il me manque plus que Vüh-Jüh à gidouille ! Bou-hou !

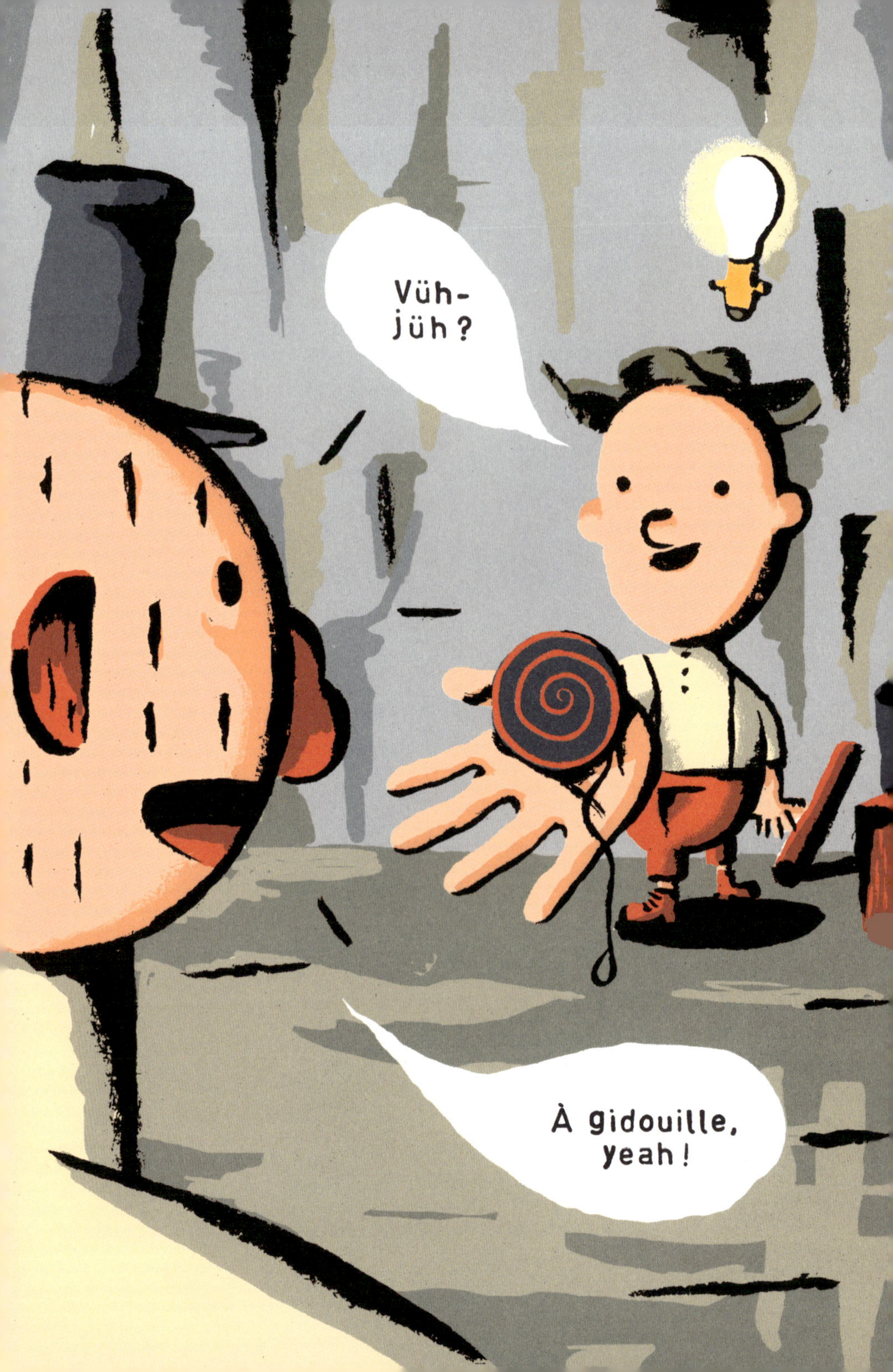
Vüh-
jüh ?
À gidouille,
yeah !

Saisi d'une intuition soudaine, une de ces ful-
gurances cérébrales qui ont fait ma gloire et ins-
piré la rédaction de plusieurs thèses*, j'ai sorti
de ma poche la pièce manquante.

Trop fort !

* *Intuizion auf Elmir Grömek*, University of Heidelberg, 1976.

Oui, un simple « yo-yo » comme nous disions chez nous a suffi à changer le destin de Roga-ton-Man ! Fou de joie à la pensée de revoir enfin les siens, il a pu boucler ses valises...

...et repartir pour sa planète. Grand moment. Souvenir d'émotion pure.

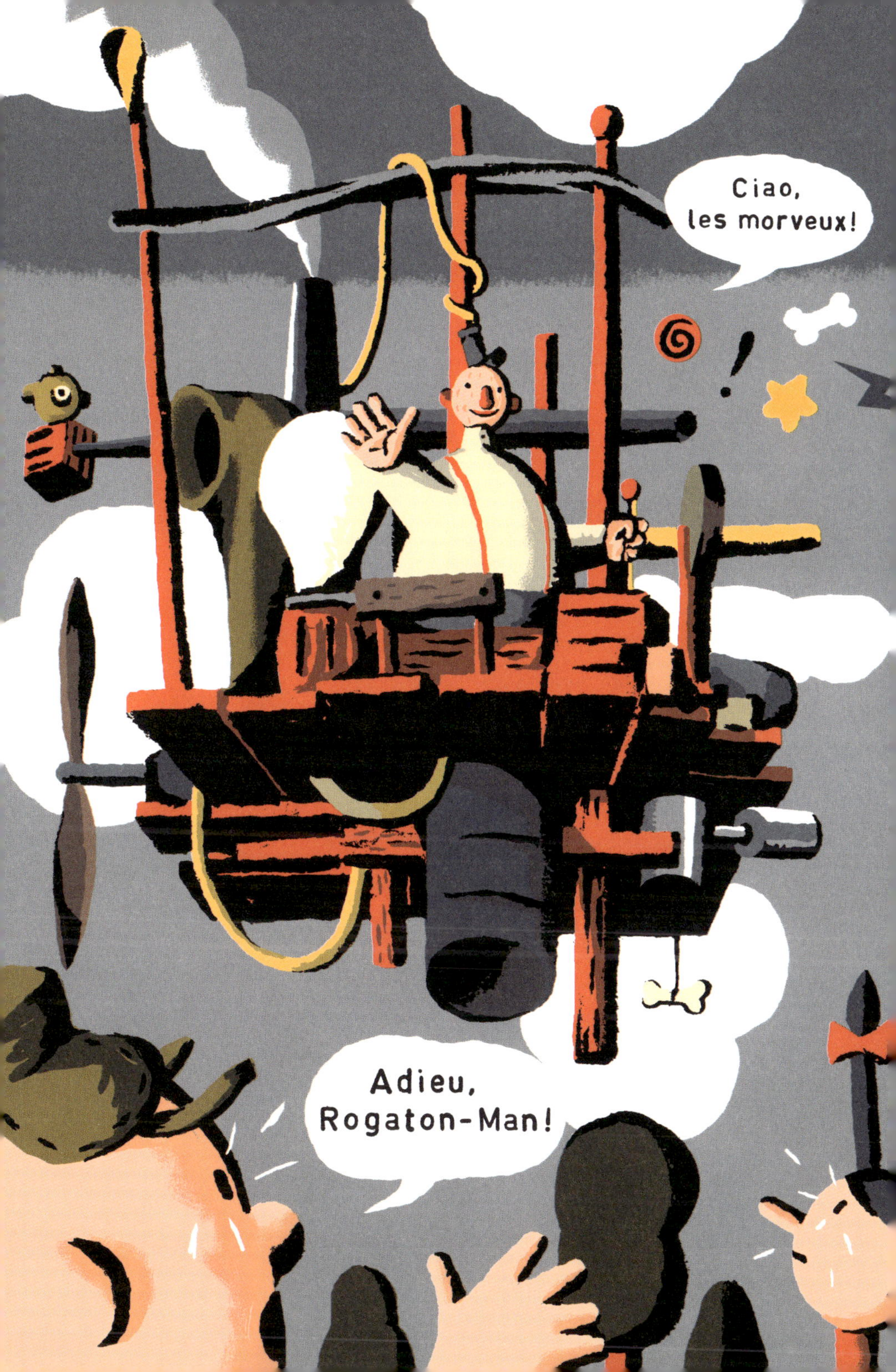
Ciao, les morveux!
Adieu, Rogaton-Man!

À partir de là, je peux vous assurer que nos mères ne nous ont plus jamais bassinés avec Rogaton-Man.

C'est déjà ça !

PiKÜ

FIN

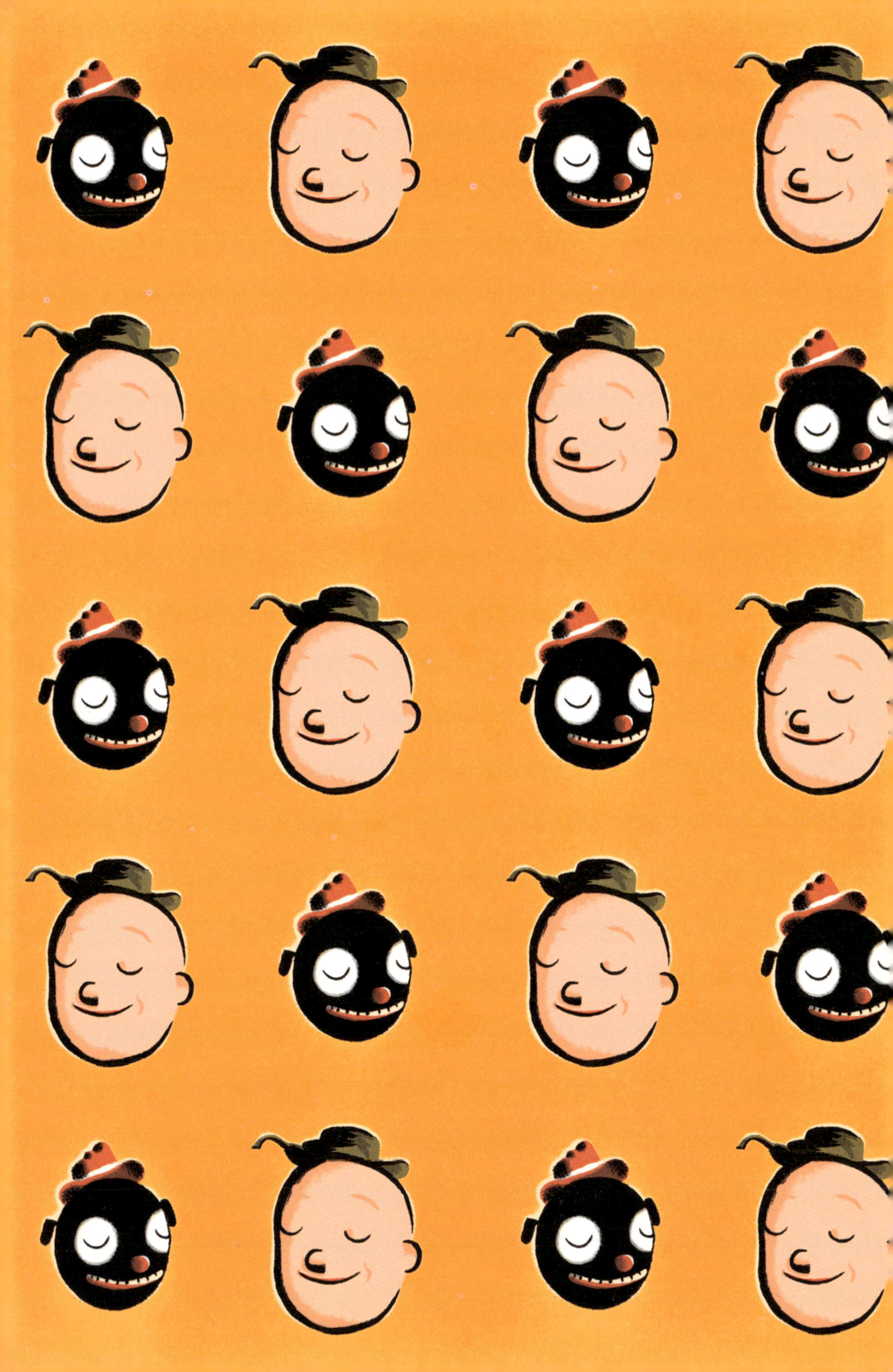